folio cadet ■ prem

Maquette : Karine Benoit

ISBN : 978-2-07-509207-4

N° d'édition : 324384
Loi n° 49-956 du 16 juillet 1949
sur les publications destinées à la jeunesse
Dépôt légal : juin 2018
Imprimé en France par IME by Estimprim

PEFC
10-31-1093
Certifié PEFC
pefc-france.org

IMPRIM'VERT
Votre imprimeur agit pour l'environnement

Le prince qui ne savait compter que jusqu'à sept

Christian Oster • Thomas Baas

GALLIMARD JEUNESSE

1

Il était une fois un prince qui avait un problème avec les chiffres. Pour commencer, il ne savait pas compter jusqu'à dix, et il était persuadé qu'il n'avait que sept doigts. Il est vrai qu'il avait appris à compter jusqu'à sept. Mais, depuis, il n'avait fait aucun progrès.

Comme il était droitier, il avait d'abord compté les doigts de sa main droite.

Il était arrivé à cinq, puis il était passé à sa main gauche. Pour arriver à sept, il restait deux, de sorte qu'il n'avait compté que deux doigts à sa main gauche.

Or il était triste de n'avoir que deux doigts à sa main gauche : le pouce et l'index. Il voyait bien qu'il lui en restait trois autres, mais, puisqu'il n'arrivait pas à les compter, il n'en tenait pas compte.

Il ne s'en servait même pas, et, par habitude, il les gardait repliés.

Ce n'était pas très pratique pour la vie de tous les jours.

Le matin, quand il s'éveillait à huit heures, il croyait qu'il était encore sept heures. Et, au fur et à mesure que la journée s'écoulait, il était de plus en plus perdu. Il était incapable de savoir à quelle heure il déjeunait, à quelle heure il dînait, à quelle heure il se couchait.

Il était content d'avoir des insomnies. Quand il s'éveillait à une heure du matin, il pouvait, en attendant de se rendormir, compter les heures jusqu'à sept, en prenant tout son temps. Ça lui faisait plaisir de pouvoir compter comme ça sans se tromper, mais, évidemment, c'était très fatigant.

Blanche neige et les 7 nains
HISTOIRES DE FANTÔME

Par chance, en général, il dormait bien.

Il mettait son réveil à sonner pour sept heures, et il se levait en sachant l'heure qu'il était. Sauf quand son réveil ne marchait pas, bien sûr.

Et donc, de toute façon, il passait des journées désagréables.

2

Quand le prince grandit et qu'il partit à la chasse au sanglier, il eut la satisfaction de pouvoir compter les sangliers qu'il rapportait au château. Comme il est très rare de tuer huit sangliers à la chasse au sanglier, il n'avait aucun mal à compter les deux ou trois sangliers qu'il avait tués.

Mais il se priva bientôt de ce plaisir car il s'aperçut un jour qu'il n'aimait pas tuer les animaux, pas plus les sangliers qu'autre chose. Il abandonna la chasse et s'adonna à la course à pied.

Il lui fallut alors compter les kilomètres. Là, ça pouvait encore aller, parce que sept kilomètres en courant, ce n'est

déjà pas mal. Quand il dépassait sept, de toute façon, il ne pouvait même pas s'en vanter.

Quand il rentrait au château, il disait toujours qu'il avait couru sept kilomètres.

– Mon fils fait sept kilomètres par jour, disait fièrement le roi, son père. Il se maintient en très bonne forme.

Son père ignorait que le prince ne savait pas compter plus loin que sept. Il était distrait et n'avait pas bien suivi l'éducation de son fils.

Un jour, le prince fut en âge de se marier. Le roi et la reine lui présentèrent un certain nombre de princesses qu'ils avaient trouvées en passant une annonce dans le journal.

Les princesses furent convoquées au château et défilèrent devant le prince.

La première avait l'air stupide.

La deuxième était mal habillée.

La troisième bavait.

La quatrième disait des gros mots.

La cinquième était prétentieuse.

La sixième ne se séparait jamais de son chien, qui n'arrêtait pas d'aboyer.

La septième avait l'air méchante.

– Heureusement, murmura le roi à l'oreille du prince, il y en a une huitième.

La huitième parut. Le prince, jusque-là, avait compté sept princesses, mais, maintenant, il se sentait perdu.

Or non seulement la huitième princesse était belle comme le jour, mais elle avait l'air intelligente.

Ce n'est pas tout.

La huitième princesse était merveilleusement bien habillée.

Elle ne bavait pas.

Elle était très polie.

En plus de toutes ces qualités, elle était très modeste.

Elle n'avait pas de chien.

Et elle avait l'air très gentille.

Malheureusement, elle était la huitième, et le prince n'avait pas pu la compter.

Pour lui, c'était comme si elle n'existait pas.

Pourtant, il la voyait, il appréciait toutes ses qualités et, pour tout dire, il venait d'en tomber follement amoureux.

Sauf qu'il ne l'avait pas comptée.

Quand les princesses furent reparties, le roi demanda à son fils :

– Alors, laquelle préfères-tu ?

– Euh... commença le prince.

Car il ne pouvait pas dire « la huitième », il n'avait pas pu compter jusque-là.

Évidemment, les huit princesses avaient chacune un nom.

La première s'appelait Ernestine.

La deuxième, Philomène.

La troisième, Élisabeth.

La quatrième, Marguerite.

La cinquième, Rosemonde.

La sixième, Philiberte.

La septième, Aurore.

La huitième...

Impossible de se rappeler le nom de la huitième princesse.

– La dernière, finit par répondre le prince.

– Bien, dit le roi. Nous allons la faire revenir. Ce que je ne sais pas, bien sûr, c'est si tu lui as plu. Enfin, vous discuterez un peu ensemble, et tu verras bien si tu lui plais.

– Entendu, dit le prince.

On convoqua de nouveau la huitième princesse.

3

Quand elle parut, le prince faillit s'évanouir tant il était ému.

– Bonjour, lui dit-il.

– Bonjour, Sigismond, lui répondit la princesse.

Le prince était mort de honte. Elle l'avait appelé par son nom. Il chercha encore celui de la princesse. En vain.

– Pardonnez-moi, je suis si ému que j'en ai oublié votre nom, lui dit-il.

– Je vous en remercie, fit la princesse. Je porte un nom si laid qu'il m'est désagréable de l'entendre. Comme je suis arrivée la huitième au château la première fois que je suis venue, vous n'avez qu'à m'appeler Huitième.

– Très bien, dit le prince.

Mais il fut incapable d'appeler la princesse « Huitième ».

Il voulut réessayer et se concentra.

– Euh... Sept et demie, réussit-il à prononcer.

– Vous avez raison, c'est plus joli que Huitième, lui sourit la princesse. Princesse Sept et demie, ça me va très bien.

Décidément, cette princesse était encourageante.

– Si nous allions nous promener ? proposa-t-elle.

Et le prince partit se promener avec la princesse Sept et demie. Dans les allées du parc, le soleil brillait, et au bord d'un bassin de gracieux cygnes nageaient.

Le prince et la princesse s'arrêtèrent au bord du bassin.

– J'ai toujours un morceau de pain sur moi, déclara le prince.

Il sortit un morceau de pain sec qu'il effrita au-dessus de l'eau. Très vite, un cygne vint donner du bec dans les miettes.

Puis un deuxième.

Puis un troisième.

– Vous avez vu ? fit la princesse. Trois cygnes presque en même temps ! Comme c'est joli !

Un quatrième cygne vint se joindre aux trois autres.

– Ça fait quatre, maintenant, déclara le prince.

Un cinquième cygne survint.

– Cinq ! s'amusa la princesse.

Puis un sixième.

– Six cygnes ! s'exclama la princesse. Ça doit être un signe.

– Un signe de quoi ? demanda le prince.

– Je ne sais pas, répondit la princesse. Je me sens bien avec vous.

Un septième cygne pointa le bec.

– Sept ! s'exclama fièrement le prince. Moi aussi, je me sens bien avec vous.

Malheureusement, un huitième cygne arriva. Un bébé cygne.

Le prince ne dit rien.

4

– Alors ? fit la princesse. Qu'est-ce que vous en pensez ? On en est à combien de cygnes, déjà ?

Le prince regarda ses pieds. Ses pieds à lui. Il avait honte de ne pas pouvoir réagir. Mais c'était comme si le huitième cygne n'existait pas. Il n'avait pas pu le compter.

– Euh... dit-il.

Il réfléchit à toute vitesse.

– Sept et demi ! déclara-t-il.

– Ah, très drôle ! s'enthousiasma la princesse. Vous avez raison, ce bébé cygne n'est encore qu'une moitié de cygne.

Et, transportée d'amour, elle effleura la main du prince.

Le prince rougit parce qu'elle venait d'effleurer sa main gauche, à laquelle il pensait n'avoir que deux doigts. Mais, de sa main droite, il effleura aussi la main de la princesse.

Il avait repris confiance en lui. Il s'apercevait que, depuis sa rencontre avec la princesse, il avait finalement fait un petit progrès en calcul. Il ne savait pas encore compter jusqu'à huit, mais il était en bonne voie.

Ils reprirent leur promenade avant qu'un neuvième cygne n'arrive. Et, en chemin, il demanda à la princesse si elle voulait l'épouser.

– Oui ! oui ! oui ! oui ! oui ! oui ! oui ! s'exclama la princesse.

Le prince avait bien compté : elle avait dit sept fois oui.

Ils rentrèrent au château et, avec le roi, ils fixèrent une date pour le mariage.

– Pas avant une semaine, décida le roi. Il faut le temps d'organiser tout ça.

Et le prince savait qu'une semaine, ça fait sept jours. Il était très content de ne pas être obligé de compter plus loin.

Quand il se maria avec la princesse, ils vécurent heureux et firent sept enfants. Mais un huitième était en route, et il fallut bien qu'avant sa naissance le prince apprît à compter jusque-là.

→ je lis tout seul

Pour les jeunes apprentis lecteurs
Niveau 2

Les Pyjamasques et Magistère la sorcière

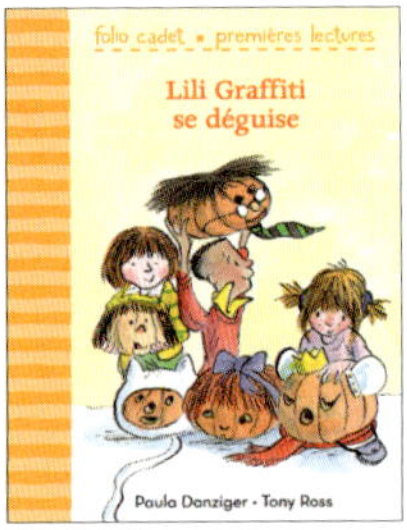

Lili Graffiti se déguise

Le fantôme des oubliettes

Le secret de Liv

Les nouvelles copines

Le cochon dans l'escalier

Hors-série
Olive le chat fait son numéro

Retrouve l'intégralité de la collection
folio cadet • premières lectures
sur www.gallimard-jeunesse.fr